桐一葉

鵜飼敏彦句集

序にかえて

はじめて鵜飼敏彦《うかいとしひこ》さんとお会いしたのは、ＪＲ大津駅の東の旧アル・プラザ大津の五階に、二〇〇七年（平成一九）から設けられた滋賀大学大津サテライトプラザの会場である。ここで、私が事務局を担当する滋賀県の文化遺産を学ぶ会が主催する近江の遺跡や文化財を学習する講座と講演がしばしば開かれた。

鵜飼さんは、ここでの考古学や古代史に関連する講座の催しによく参加されたので、おのずと知り合うようになった。この滋賀大学大津サテライトプラザは、二〇一三年秋からは、ＪＲ大津駅前の日生大津ビル四階に移って現在にいたっている。

二〇一四年（平成二六）五月、ケイブン（しがぎん経済文化センター・ＫＥＩＢＵＮ）の文化講座を受講するメンバーを中心とする於雅《おが》クラブが、ギリシャの遺跡を踏査する旅行を企画した。このギリシャ旅行では、アテネ市内の遺跡はもとより、ヴェルギナでアレキサンダー大王の父のフィリッポスⅡ世の墓、カランバカで孤立した岩上に建つメテオラのギリシャ正教の修道院、神託で著名なデルフィの神殿、古代に競技大会を開催したオリンピアの競技場、さらにコリントの神殿などを訪れた。

この旅行に、はじめて鵜飼さんも参加された。このギリシャ旅行では、記憶に残る遺跡が多かったので、帰ってから参加者による原稿をまとめた小冊子を編集した。その小冊子に鵜飼さんは、前四世紀のフィリッポスⅡ世の墓に、菊のご紋が使われていたことに驚かれ、また古代ギリシャの都市国家のアクロポリスが高い丘陵上に作られた要因は、不断の戦いに対処したものであったとし、さらにアレキサンダー大王の死因ともなった伝染病を媒介する蚊への対処だったろうという私見を述べている。そして、この小冊子に、

夏めくや金の骨櫃菊の紋

マラリアに古代の王も蚊帳の中

など一〇句を載せている。

この旅行を契機として、鵜飼さんは、滋賀大学の定年後に、私が案内する旅行社主催の海外旅行に、しばしば参加するようになった。そして、翌年の二〇一五年（平成二七）七月に、中国吉林省の集安の高句麗《こうくり》遺跡と瀋陽・大連への旅行、また二〇一七年五月には、中国の洛陽・少林寺・安陽へ、さらに同年九月にも、江南の蘇州・揚州から南朝の都である南京の遺跡を訪れている。

また、二〇一八年（平成三〇）三月、ようやく治安が回復したエジプトの遺跡を見るナイル川クルーズ旅行に一緒にでかけた。このエジプトの遺跡を踏査する旅行は、カイロからルクソールに飛び、そこでラムセスⅡ世やアメンホテプスⅢ世が建てた神殿、王家の谷でツタンカーメンの墓、ネフェルタリ女王の墓、ハトシェプスト女王葬祭殿などを見て回った。また、ルクソールからはクルーズでアスワンへと遡り、アブ・シンベル神殿を訪れた。そして再びカイロへ飛び、クフ王のピラミッドやスフィンクスを見学した。

このエジプト旅行で見た神殿や墓は、じつに魅せられたものが多かったので、帰ってから参加者による旅行記の小冊子を編集した。鵜飼さんは、この小冊子

『悠久の歴史　エジプト』にルクソールでの大規模な石柱からなる神殿に、

炎帝や列柱並ぶルクソール

という句を詠んで載せている。

また、クルーズでたどり着いたアスワンのアブ・シンベル神殿での夜のショーは、この日、たまたま日本から複数の団体客が訪れ、参加者が最も多かったようで、この神殿がユネスコによって、アスワンダム建設による水没から免れたいきさつの解説やショーのナレーションはいずれも日本語であった。

鵜飼さんは、このときのショーの状況を詠んだ

神殿の「ショオ」に魅了や初夏の宵

など一〇句を載せている。

そして、翌月の四月、鵜飼さんと私は、さらに中国湖南省の西端の山間地に

ある、しかも数年前に世界自然遺産に登録されたばかりの張家界《ちょうかかい》の景勝地を歩く旅行にも訪れている。

この張家界の武陵源を訪れて見たものは、柱状をなす壮大な石峰が林立する景観だった。しかも、海抜一〇〇〇mほどの尾根上から、まるでルクソーで見たラムセスⅡ世やアメンホテプスⅢ世が造った神殿などの石柱列が、まさに視界の限り立ち並ぶというべき景観だった。

ところで、鵜飼さんが作られた俳句は、しばしば朝日新聞に載ることを知ったので、いくつかは見つけたときに切抜いている。ところが切抜いた句は、別の多くの遺跡や文化財記事の中にまぎれこんでしまい、失ってしまったものが少なくない。というわけで、感銘した句ながら、再び読むのが難しいものがいくつかある。

コロナ禍がなお継続する二〇二二年(令和四)三月、予定していた幾つかのことが変更や中止になり、空白を感じる日々があった。そのある日、ふと鵜飼さんの俳句を一書にまとめた句集を読みたいものだと思った。

そこで、私からは言い出しにくいことなのだが、三月のある日、鵜飼さんにお会いした機会に、これまで作られた句を一冊にまとめたらどうか、とすすめてみた。

するど、鵜飼さんは、五月上旬のある日、四冊のノートを私に渡された。それらのノートには、いずれにも多くの俳句が書き連ねられ、合わせると五〇〇句に近く記されていた。

翌月、それらの句を、少しだけ整理していただき、それをもとに、サンライズ出版から刊行する話へとすんなり進展することになったのである。

ここでは、鵜飼さんの句集『桐一葉』に収められたギリシャ旅行とエジプト旅行の句が詠まれたその背景と、この鵜飼敏彦句集が刊行されるに至ったいきさつを少しだけ述べ、序文にかえたい。

小笠原 好彦

二〇二二年九月

目次

序にかえて
一　巻頭句……14
二　春……17
三　夏……71
四　秋……135

五　冬　189
六　紀行句　231
ギリシャ紀行句　232
エジプト紀行句　238
あとがき

装画　宮崎正子

巻頭句

朝日新聞年間最優秀賞

茎立ちや子の居ぬ過疎のなんでも屋

くくたちやこのゐぬかそのなんでもや

現世に還る一笛薪能

うつしよにかへるいつてきたきぎのう

刎頸の朋の消息桐一葉

ふんけいのとものせうそくきりひとは

朝日新聞年間最優秀賞

新緑に流鏑馬の的響きけり

しんりよくにやぶさめのまとひびきけり

羅ものや女将すらりと風を着て

うすものやおかみすらりとかぜをきて

天心も湖心も透ける良夜かな

てんしんもこしんもすけるりやうやかな

春

四方の峰五雲の琵琶や初明かり

喜寿の歩や玉砂利しかと初詣

東司《とうす》より出会い頭の御慶かな

覗き込み襟足撫ぜる初鏡

光年の大宇宙にも年明ける

獅子舞に児がしがみ付く母の裾

お神籤や期待と不安を織り交ぜて

初春や異国語飛び交ふ二寧坂

元朝や秋芳洞は黄泉の景

右肩の上がり気味なる筆始め

伊勢えびの至福の味覚親孝行

ニュートリノ宇宙より降る去年今年

半月の還らぬ日々や飾り焚く

初句会反省会に和みあり

土筆《つくし》摘む笊《ざる》山盛りの軽さかな

韃靼の下駄の響きや二月堂

縄文の遺跡の裾野土筆摘む

棟札は明治六年松の花

春寒や境内閑かな神宮寺

釣り上げし若鮎空にきらり舞ふ

若鮎の佃煮匂ふ堅田かな

東風荒れて白波寄せる浮御堂

料《れう》峭《せう》や菰解かれたるいろは松

湖望む異人《フエノロサ》の墓や初音きく

引き籠もり隷書の稽古日の永し

野焼き終へ法被に残る火の匂

芽柳の影に触れ行く田舟かな

九人旅兄弟姉妹山笑ふ

鰈《かれひ》干す若狭の浜や春残し

獲物追ふまたぎの跡の残り雪

残雪の渓の裂け目や水躍る

宮刑をうけて史記編む涅槃《ねはん》東西《にし》

坐りたき湖辺の絨毯や芝桜

惟《これ》喬《たか》の木地師の里や凍《いて》返《かへ》る

全山は花の化身や吉野山

島一つ買つておきたし春の海

打ち揃ふ六人きやうだい支那の春

路地狭し古鎮の街の春寒し

春節や南京の夜は人の波

春の旅上海夜の雑伎団

梅古木かなしきほどに蕾つけ

吝《りん》嗇《しょく》の夫より土産四月馬鹿

古希でなほ背丈伸びたと四月馬鹿

どの枝も疎《おろそ》かならず木の芽吹く

水面の眼ひねもす思案泥蛙

田の闇に命を燃やす蛙かな

落つるまで凛と咲きをり紅椿
水琴は東風の便りを奏でけり

ヴェネチアの春の祭りや仮面舞ふ

どの花も枝先に咲く椿かな

雛壇に雪《ぼん》洞《ぼり》の影映りけり

下を見る小便小僧水温む

大琵琶に長き航跡風光る

湖風にはためく幡《のぼり》や蓮如忌

呪文めくドキサヘキサエン目刺食む

啓蟄や漢方の壜の蛇とぐろ

蕗の薹採らずに明日を待ちにけり

空《そら》薫《だき》の七堂の苑下萌ゆる

葦野焼く逆巻く火炎の阿修羅かな

引鴨の湖北侘しき一日かな

番屋敷椿の古木燃えるごと

大きめの服と帽子や入学す

水郷に船頭の唄水温む

琴平の歌舞伎幟や春うらら

春愁や布目瓦の古信楽

土竜《もぐら》穴塞ぎて一日春田打つ

金比羅や鰐の祭神花篝

先艇を追い越す飛沫風光る

四阿《あづまや》は梅林の中見え隠れ
朝掘の筍も売る岩間寺

余花朗庵句座に銘酒の虚子忌かな

船渡御や湖水豊かな日吉祭

春うらら噴火の予兆や桜島

今生は淫楽快楽の夕蛙

九十九折《つづらを》り初音流るや奥の院

国分尼寺上総に訪ね春惜しむ

地面まで藤花垂るるや神の杜
兵馬俑再び訪ね春惜しむ

崑崙の嶺の春雪機窓より

春暁や市場の競りは呪文調

春暁やドバイの街の散水車

洗堰豊かに響く雪解水

春の水揺れて山湖の目覚めけり

旅人をもてなす峡のすみれかな

異邦人春のマラソン大地蹴る

般若さへ顔背けるや猫の恋

野良仕事もう一息と春の暮

航跡の長く消えずや春の湖

春うららキトラ古墳の天の川
早春の彩を宿して比良の山

見渡せば菜の花一面伊良湖崎

水郷をのどかに囲ふ春の湖

枝広げ囀《さへづ》り抱く大樹かな

初つばめ近江百町知り尽くし

春の湖飛沫をあげるヨットかな

佐保姫の誘ひの旅や考古学

百幹の竹に遅日《ちじつ》の雲遊ぶ

嵯峨野路は人よぶところ竹の秋

どの花も枝先に咲く椿かな

四世紀耐ふる盆梅慶雲館

下萌えや縄文遺跡ロマンあり

志摩の海女礒笛とどく真砂まで

客あれば燕戸口に宙返り

地震《なゐ》被爆耐ふる万朶《ばんだ》の櫻かな

古き日や家族総出の紫雲英《げんげ》刈り

春

夏

梅雨の街傘の人並み流れゆく

藻畳をわけて舟ゆく放生会

庭石を叩くしぶきや梅雨の雷

灯火に暈《かさ》のかかりて梅雨の堂

怠け癖こころの隅に草茂る

端《はし》居《ゐ》して天下国家を嘆きけり

夜の更ける儚き逢瀬や女王花

梅雨茸の妖しき艶に出会いけり

炎天や竹輿揺られ白帝城

オアシスの新緑を食む駱駝かな

昆虫の不思議な羽化や更衣《ころもがえ》

夏木立言霊鳥語奥之院

進水式新艇映るサングラス

熊避けの鈴鳴らし往く演習林

辿り着くスイスアルプス氷河まで

南欧の雪渓踏むや碧き空

氷河へとケーブルゆれる初夏の風

氷河まで夏雪果てぬ青さかな

アルプスやカウベルの牛ホルンきく

高知より相模が旨し初堅魚

いのち透く拍動かるき水母《くらげ》かな

敷き竹に打ち水一気鉾廻す

五月雨の洗堰越すひびきかな

煩悩を背負う余生や蝸牛

沙羅一花残る古刹の暮色かな

鬼女の貌闇に煌《かがや》く薪能

卯波たつフェリー長閑《のどか》や小豆島

波の間を低く並びて鳥渡る

禅堂や足《あ》裏《うら》に伝ふ梅雨湿り

築地塀溢れて越ゆる凌《りやう》霄《ぜん》花《か》

飛天舞ふ平等院の壁涼し

踏まれても閑かに進む蟻の列

虎魚《おこぜ》踏み激痛動転伊勢の海

父の日に賜る酒や妻と酌む

瓜の蔓うぶ毛が抱く露の玉

青嵐閑《しず》谷《たに》の校備前焼

新緑の奇岩登りや寒霞渓

峡の宿囮《おとり》鮎《あゆ》買ふ解禁日

諸手とも鮎の匂ひとなりにけり

鳥が舞ひさざ波立ちて鮎大漁

大鮎や記念に保存フォルマリン

逃げた鮎蛇籠の下に潜りけり

加賀一揆城跡に残る草いきれ

内股の姐さん踊る郡上かな

大魔王花火の衆生どう裁く

花火待つ湖岸の莫蓙や人《ひと》熱《いき》れ

虫籠を放さず稚児の眠りかな

船頭や慣れた竿遣る芦の径

妻座敷吾は濡れ縁初夏の宿

大宇宙機窓の雲海白と青

象使いブーゲンビリアの庭の揺れ
真白きは初夏のツンドラ遙かまで

羽化終へし翅の透けたる蟬を掌に

長押みる写真の義父に南風

猿害を逃れし西瓜抱き帰る

落ち蟬の仰向くは空蒼きゆゑ

白波の砕けて初夏の城ヶ島

安息は葉裏のしめり蝸虫

蔓もつれ空にうかべる鉄線花

葉の裏に棲かを背負ふ蝸牛

太古より御柱祭賑はへり

奥之院言霊鳥語の夏木立

沖島や俄かに霞む走り梅雨

五月雨の庭に動かぬ陶蛙

臆病にして楽天家なり雨蛙

年の差は六十なれど水鉄砲

野仏に片手拝みの日傘かな

薫風や瀋陽故宮の夢のあと

初夏の旅清皇十二帝銀貨みる

若鷺や知覧の兵舎の青嵐

子が親に親が仏に心太《ところてん》

緑陰の庵の句座や奉扇会

更けてより鵜舟数増す長良川

蜜蜂に替はりて受粉の夏野菜

コバルトのエーゲ海航くサングラス

パナマ帽土産に選ぶオアフ島

タラップを降りるマドロスサングラス

日盛りや大の字に寝る幼な顔

サイダーの泡のごとくの噂かな

打ち水に老舗の風を生みにけり

踊子草揺れ踊りだす風少し

父の日や妻の描きし父母遺影

竹の皮散り際逡巡赦されず

万緑の嵐峡下る水飛沫

花火果て閑かな空に星の息

涼しさや鍾乳洞にひかる水

散華せし英霊迎ふ大花火

渦潮の猛る潮騒瀬戸薄暑

炎帝や精緻極むるパルテノン

パルテノン丘に汗すや考古学

久闊やせせらぎ貴船の川床料理

大花火五臓六腑に響きけり

緑陰のベンチに美しき膝小僧

今終へし植田に鷺の二羽三羽

庭先に梅雨の彩りありにけり

旅装解く宿に薄暑のおもてなし

新緑を天蓋となす露天風呂

保良の宮遺跡を語る薄暑かな

洛陽に歴史訪ぬや風薫る

甲骨の文字のロマンや旅薄暑

水郷の舟の淦《あか》汲む五月かな

唐崎の薄《うす》靄《もや》染むる若緑

炎天や病の妻を瀬田に訪ふ

憐《あは》れ鵜の鮎吐く喉の白さかな

奥入瀬や渓流包む夏の苔

冷酒酌む薩摩切子を愛でながら

淀む池頸脚伸ばし鷺の立つ

近江路や湖東三山麦の秋

五月雨や庭に動かぬ陶蛙

麦秋を背にして農婦鍬洗ふ

青鷺や微動だにせず湖に一羽

新緑に流鏑馬の的響きけり

両掌とも鮎の匂ひとなりにけり

海霧《きり》深し小樽運河や辻楽士

紫香楽の遺跡をよぎる青田風

吹き流し峰になびくや千早村

狭庭にも姫《ひめ》女《じょ》苑《おん》咲くと妻の声

新緑を映す水面や鯉躍る

四阿《あづまや》に新緑の風まとひけり

新緑の青蓮院や青不動

回峰僧犬と尾根往く青嵐

木地師棲む雨の十戸や額の花

錯綜の蔓に気高き鉄線花

秋

薬湯の静寂《しじま》に浸かる夜長かな

木漏れ日や斑百幹竹の春

杣の宿暮れてより鹿の声

夕鴨の鳴きて藻疊闇迫る

鈴虫と一夜の闇を領かちけり

ビッグバン宇宙広がる星月夜

駱駝の背ゆられ旅する星月夜

アラビアの乳香焚きて秋深し

村十戸日差しに映ゆる紅葉かな

隠棲のガラシャの里や葛の花

壇上の姐御二胡弾く風の盆

英霊は跣足《はだし》の餓死や敗戦記

秋めくや亡母の箪笥に鯨尺

国宝は花野の里や火焔土器

唐崎の朧の松や霧晴間

秋《なが》霖《あめ》や水郷めぐりに興を添ふ

門のなか家紋の菊を咲かせをり

菊手入れ軍手に沁みる薫りかな

熊を喰ふ松たけ賞でる峡の宿

菊大輪眼には見えねどニュートリノ

稲架《はさ》立ちて茅葺きの里の農閑期

浮御堂浪の音きく秋の風

子供らは橋より飛びて水澄めり

夜半の雨鼓弓鎮まる風の盆

豪農の梁の太さや秋の暮れ

稚児膝に童話を聞かすす夜長かな

「次読んで」せがまれあやす夜長かな

虫鳴いて徐々に拡がる夜の静寂

さあ光れ敵は多勢ぞ鳥威《おど》し

鳥威しCD千枚煌めきぬ

落柿舎は寄らず去来の墓参かな

開け閉《と》じに要のゆるむ秋扇

十六夜の仰げる月に刷毛の雲

右肩に早や翳りあり十六夜

綱引きの運動会や手の赤き

欄間にも浮御堂彫る秋の句座

扉開け秋風通す浮御堂

門前に嵯峨菊も見ゆ曼珠沙華

苔庭も絨毯ごとき紅葉かな

長野には榠樝《かりん》の光る並木みゆ

いろは松過ぎて御城は秋の風

露弾じく朝のゴルフや芝目読む

幹枝も枝垂れるばかり富有柿

湧く霧も流るる霧も信濃かな

懐かしや茶園畑の柿喬し

翳《かざ》すれば種まで透ける熟し柿

樹を祀り石を祀りて里祭

鳥威しもぐら威しと賑はへり

散華せし紅葉褥《しとね》や若鷺碑

枝揺らせ熟柿を突くからすかな

灯台は孤独に立てり鰯雲

口ガ岬潮騒まぶし雁渡る

淦《あか》を汲み田舟納めや秋の暮

窓の月寝ながら仰ぐ浮き世かな

よく聴けば鈴虫不倫と鳴きはせぬ

児は月を仰ぐ振りして団子食む

天領の茅場に靡《なび》く花《はな》芒《すすき》

とろろ汁なくて目川の茶店句座

杉箸の柾目の似合ふとろろ汁

澄む水に名も無き魚走りけり

菅笠の揃ふ二胡音や風の盆

眠る児の掌よりポロリと木の実かな

煬帝の大運河往く秋の旅

中国の遺跡を学ぶ白露かな

煬帝の偉業の運河ゆく残暑

長江をゆつたりくだる秋の旅

縄文の巨大櫓や小鳥来る

角切の鹿伏せられて喘ぎけり

末枯れて池塘の風情ほのかなり

穭田《ひつじだ》は鷺二三羽の舞台かな

侘びと寂揃ふ落柿舎秋の暮

翅《はね》休む句碑のぬくもり秋の蝶

法螺貝に野宿の老婆暮の秋

凪《なぎ》の湖高く低くに鳥渡る

逆縁のなきを祈るや秋の月

子の発ちて妻は短歌の夜長かな

ふるさとは銀河にひかる水の星

山菜を晒す桶桶の水澄めり

黒ならず極まる朱や吾《われ》亦《も》紅《こう》

皮厚く剥くや男のとろろ汁

抑留に耐へし語り部生身魂《いきみたま》

子はいづこ老人の輪や地蔵盆

仏間には給仕のお膳盂蘭盆会

水澄むや那智黒石の鈍き肌

稲妻は雲間裂き分けひかりけり
寝間透けて裾搔き寄せる稲光

回峰の僧翔ぶごとし霧の中

真夜中に冷えた林檎を剥く至福

蕎麦咲きて鞍馬の里の白さかな

落ち鮎の串焼き旨し濁り酒

八十路越し異国の旅や生身魂

澄む水に湖底の遺跡映えにけり

山小屋の寄り添ふ影や星月夜

新涼の風を誘《いざな》ふ水車かな

礒なべの海女の外寝や星月夜

チャチャチャチャあとはボジョレー栓を抜き

暮れ落ちてペンギンと見る天の川

巴塚天蓋のごと檀《まゆみ》の実

銀漢や星雲の果て摩訶不思議

爽やかに漕ぎ手の揃ふペーロン艇

水澄むや熊野古道に鈎瓶井戸

庇より葉脈透ける紅葉寺

長き夜やブラックホールがまたひとつ

天領の果てまで靡くすすき原

冬

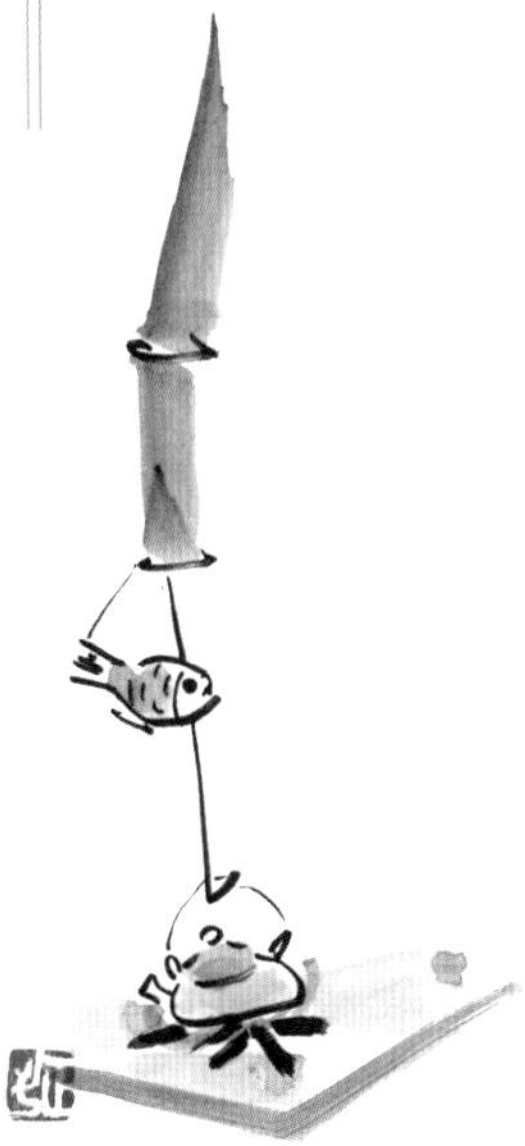

笹鳴きに空耳かしら立ち止る

冠雪の比良連峰や神宿る

湖に摺り足はやき初時雨

奥の院僧の千人冬に入る

回峰の阿闍梨地を跳ぶ朝時雨

霜枯れの大地の息吹聴く朝

村十戸飲み込む闇や虎落笛《もがりぶえ》

冬の使者はや湖に大布陣

靖国の高き鳥居や日脚伸ぶ

橋立や満腹に食むまつば蟹

肴とは伏見稲荷の寒雀

琵琶湖には早や数千羽鴨の群れ

叱るほか言葉も知らず蜜柑むく

蜜柑山辿《たど》りて望む夕陽かな

古希過ぎてウィーンの森の冬帽子

馬車に乗りウィーンの夜ワインかな

酒酌めば人の恋しき小夜時雨

なれの果て三途の河や木の葉髪

炭を焼く煙一筋過疎の里

惟《これ》喬《たか》の木地師の悲話や冬紅葉

板の間にとり落したる海鼠《なまこ》かな

朝寒や湖中に見ゆる虚子の句碑

虎落笛頸まで浸る仕舞ひ風呂

能楽堂鼓の音の冴えわたる

小春日やみな福耳の石佛

通し矢の的の響きや京の冬

葦野焼く逆巻く炎勢子《せこ》走る

男らの右肩ならぶおでん酒

波の上波が重なる冬怒濤

大橋の托鉢僧や京師走

戦国の名将の墓時雨けり

偕老や寡黙に祝ふ冬至粥

金柑の実の熟れし苗木市

みちのくへ冬の縄文学びけり

帰る子にホテルの手配年用意

心にも晴雨のポエム日記買ふ

久闊や峡の骨酒小六月

夕鴨や鳴きて藻疊闇迫る

相席や暫しの絆おでん酒

助手席の妻の軽口小六月

近江富士借景に置く小春かな

若冲の五百羅漢や小六月

冬の湖揺れる波間や鳥浮かぶ
朝日うけ紫紺の比叡神の留守

菰を巻く井伊の老松冬構

熱い飯煮凝り溶けて琥珀色

冬枯れのけやきの枝や星を掃く

石仏のうすき瞼や夕枯野

温泉を湯たんぽにして山眠る

ルミナリエ人波多き師走かな

冬の鳥ひねもす湖を見詰め居り

牛蒡天芥子利かせて冬の酒

自販機のコーヒー熱き師走かな

朝日浴ぶ比良山系や冬の峰

禅庭や座敷の緑に風花散る

早朝の湖畔の散歩日脚伸ぶ

風花舞ふ岩風呂に在る浄土かな

水仙は乙女の香り越の路

風花や生きるも辞世も難儀かな

天上の散華の如し風の花

首伸ばししつぽを天に鳰潜る

光秀とその妻眠る時雨寺

朝市は気魄の競りや本鮪

園丁の休み赦さぬ落葉散る

天龍の源流に来る寒さかな

梢には木守柿あり木地の里

八甲田八峰輝く神の留守

山盛りなりても軽き落葉籠

掃く人の箒不憫や濡れ落葉

淡い色小鳥を誘ふ枇杷の花

名の知らぬ小鳥啄む枇杷の花

里坊の時雨るる庭や虚子の句碑

池底の緋鯉動くや春隣

若冲の寺の羅漢や寒雀

旧友の料理に添へる氷魚かな

鉛筆を小耳の大工日脚伸ぶ

洗堰いさざ漁の柄の長さ

野沢菜の喰べ方習ふ道の駅

能舞台一鼓の響き冴えにけり

紀行句

ギリシャ紀行（二〇一四年五月）

パルテノン神殿

デルフィ神殿

ギリシャでの著者（手前）

ギリシャへの参加九名や初夏の旅

年甲斐もなく胸ときめかせ関空から、トルコのイスタンブール経由しギリシャに向かう。

新緑に騎馬聳え立つスパルタ王

スパルタは三百の精兵で、二十万のペルシャ軍と戦った英雄「レオニダス王の銅像」。

夏めくや金の骨櫃菊の紋

アレキサンダー大王の父親・フィリッポス2世の未盗掘墳墓の博物館にて。

絶壁の修道院や岩つばめ

ギリシャ正教の修道院は、岸壁の頂上の聖地に百年費やし建設とか、その麓の周辺を燕が飛翔する。

初夏夜明け博士のタオル脚に巻き

山荘ホテルの早朝「こむら返り」に大変な失礼千万の不覚。

鄙の店自家製ワイン飲む薄暑

デルフィ遺跡から、オリンピアへ移動途中の峠、店の小休止。

先急ぐ皆を待たせる初夏の棚

ギリシャの女神・英雄の骨董品の購入に、傍若無人の無礼講、反省、反省。

五月雨や教授の走るオリンピア

古代ゼウスを崇め戦争を休む体育の祭典の聖地を、名誉教授はコウモリ傘を片手に古代の雄姿を再現する。

マラリヤに古代の王も蚊帳の中

アレキサンダー大王もエジプトのツタンカーメン王も、マラリヤに侵され若死。

神殿の丘に汗して旅極《き》まる

パルテノン神殿をはじめ貴重な講義に、師弟は汗また汗・汗。

エジプト紀行（二〇一八年三月）

アメンホテプス３世の神殿

王家の谷

ナイル川を遊覧する著者（左から２番目）

初夏の旅・小笠原教授のお供して

小笠原名誉教授の友人、たび・せん旅行社の好意とエジプト航空欠航事情に困り、ドバイのエミレーツ航空を乗り継ぎ、エジプト（ドバイ経由で）へ向かう。参加者二十二名。添乗員は細君がロシヤ美人の山田氏。また豊田市の板倉母・子息のご両人には道中、殊の外お世話になる。

象徴のパピルス茂るロータス池

下はエジプトのパピルス、上はエジプトのロータス（蓮）がカイロ博物館の象徴。四五〇〇年以前の古代世界の至宝の一部は英仏独に移されたが、我々は胸のトキメキを覚えながら、エジプト古代文明の遺跡・宝物を脳裏に刻む。小笠原名誉教授のチーム一行は、遠い旅路に疲れも見せず全員、超満足の様子。

炎帝や列柱並ぶルクソール

強敵ヒッタイト（世界で最初に鉄器文明を持って騎乗戦車や弓矢で戦う）に対し、未だ青銅文明であった古代エジプト国内を纏め上げ、激戦の末に戦勝したラムセス二世は太陽神ラーを崇める神殿を建設して、古代エジプトの宗教改革を遂行。

財宝を秘匿沙漠の王家の谷

ルクソール西岸の砂漠の岩窟には盗掘を避け、死後の再生を信ずる新王国時代のファラオは、ミイラと共に財宝を深い地下に用心深く秘匿して、極彩色の宗教的な図柄にヒエログリフ（神聖文字・エジプト文字）の記録を後世に伝える。当時より約三千年後の日本列島のヤマト王権発祥の地である奈良盆地の古墳群をヤマトの王家の古墳に重ねて想い出す。

大発掘少年王は世界の宝

ツタンカーメンの陵墓の発見・発掘は、世界の考古学上、二〇世紀の最大の大発見。カーナーボン卿の援助が途絶する間際の考古学者のカーターチームによる功績は偉大。黄金のマスクは時価数兆円との評価もあり、世界人類の貴重な財宝。しかし、このマスクには、耳に女性の付けるイヤリングの孔があり、首筋に加工された痕跡がみられるため、叔母のネフェルティティの謎も好奇心を煽る。

エジプトの版図拡げるハトシェプスト

現地ガイドのオマール氏は、ハトシェプスト女王が男装の付け髭姿で威厳をたもち、戦いをせず、広範囲の交易により富国・版図を広げ、繁栄を築いた裏面に複雑な王家の悲話を語る。葬祭殿のヒエログリフの壁画にも、他のファラオのような戦争画面はなく、陸海の収穫、交易の記録で埋め尽くされていた。

クフ王の墓室に意外換気扇

赤色花崗岩の棺と謂われる玄室に、観光客用の場違いの換気扇の空気孔あり。この孔は、古代の星観測装置の説も有ると以前来た時(アラブの春より以前)に聞いた事を思い出す。ナイル川の水位計・ナイルメーターと同様に、農産物の豊穣を願う古代王家の天体観測の重要施設ではなかろうか?

憂国の悲恋の女王蛇の毒

当時の古代エジプトは、共同統治者で仲の悪いクレオパトラ姉弟の仲裁にやってきたローマの提督シーザーや、アントニーを虜にした女王の魅惑は悲恋として歴史に残る。カイロで香水(商品名クレオパトラ)を購入し、家族や友人の笑顔を思い出してそっとカバンに忍ばせる。

クルーズは毎夜宴や星明かり

中東のテロの危険な陸路を避け、ナイル川を遡る船は五つ星の豪華客船。夜のメインホールではベリーダンスやカクテルパーティを楽しみ、小笠原チーム一行は、「炭坑節」で奮闘した足立姫が余興で優勝。ナイルより世界に発信の偉業あり。

神殿の「ショオ」に魅了や初夏の宵

アブ・シンベル神殿は、ラムセス二世の座像をエジプト最南端に築造してネピア・ファラオの権威の偉大さを示し、黄金を始め貴重な資源を確保したと伝える。二十世紀にナセル湖ダム建造による遺跡の水没対策として移設されたラムセス像の古代遺跡は、幻想のショーとして世界中の観光客を神殿広場に集め、日本語の音声で魅了する。

あとがき

自分史のような句集『桐一葉《きりひとは》』がこの度、一冊の本になりました。この句集は、文学博士・小笠原好彦滋賀大学名誉教授が編集にご尽力いただき、刊行の運びにいたったものです。

もともと好奇心の旺盛な私は、いくつかの句会に参加し、俳句を詠んで愉しんでまいりました。また一方で、小笠原先生のケイブン文化講座や滋賀大学大津サテライトプラザでの考古学講座に関心をもち、長く続けてまいりました。

さらに、私は海外の国々の景観や風土にも興味を持ち続け、これまでじつに多くの海外の国々を訪れました。小笠原先生と一緒に出かけた海外旅行だけでも、ギリシャ旅行に始まり、中国吉林省の高句麗《こうくり》の遺跡、河南省の洛陽・少林寺、中国江南の蘇州・揚州・南京、エジプト旅行、中国湖南省の張家界、さらに韓国の百済《くだら》・新羅《しらぎ》の遺跡などがあります。これらの旅行中には、いくつかの句を詠む機会がありました。その一部は、この『桐一葉』に収めさせていただきました。

このところ、私は眼病の加齢黄斑変性症に因って、右眼の視力が衰え、少し文字が読みにくい状態になり、二、三年前から俳句は読めなくなり、句会もすべて退会いたしました。

ところが、今春のある日、小笠原先生から、これまで詠んだ俳句をまとめて句集をだすよう薦められました。これをきっかけとして、娘の小西洋子が私のこれまでの句帳やメモの資料から四冊のノートに句を転記し、小笠原先生が文字入力と編集をすすめていただきました。これには妹の笹川靖子の協力がありました。また、表紙・挿図は、宮崎正子氏に南画院画風に創作していただきました。

浅学《せんがく》菲才《ひさい》の凡夫も、天の刻が来れば、「塞翁《さいおう》が馬」の故事に恵まれて、この『桐一葉』の上梓は、私の卒寿の記念になりました。

本句集の刊行にあたり、日頃おつきあいいただいております方々に心から感謝し、また、サンライズ出版の矢島潤氏にお礼を申します。

令和四年十月一日

鵜飼　敏彦

■著者略歴

鵜飼敏彦（うかい・としひこ）

1932年　滋賀県甲賀市水口町三大寺45番地にて４男５女の次男として生まれる

1956年　立命館大学法学部卒業

1992年　関西電力株式会社　定年退職

1997年　関西電力株式会社傍系会社　退職

趣味　ゴルフは卒業し、現在はグランドゴルフ・旅行・考古学・俳句観賞・骨董・美術鑑賞など。

俳句　伝統俳句ホトトギス・稲畑汀子・稲畑広太郎・石川多歌司、各氏に師事。俳人協会の森田峠氏に師事。

現住所　〒520－0801 滋賀県大津市におの浜二丁目2－2－310号

TEL　090－1913－9423　e-mail　toshi.ukai@yahoo.co.jp

桐《きり》一《ひと》葉《は》　鵜飼敏彦句集

2022年11月20日　第１刷発行

著　者　鵜 飼 敏 彦

発行者　岩 根 順 子

発行所　サンライズ出版

〒522-0004 滋賀県彦根市鳥居本町655-1

電話 0749-22-0627　FAX 0749-23-7720

印刷・製本　株式会社シナノパブリッシングプレス

　ISBN978-4-88325-778-2